# Le liseur

FichesdeLecture.com

# *Le liseur*<br>(Fiche de lecture)

## I. INTRODUCTION

*Le Liseur* est un roman écrit par Bernhard Schlink. Publié en Allemagne en 1995, il a fait l'objet d'une récente adaptation cinématographique (avec Kate Winslet dans le rôle d'Hanna).

Le roman raconte l'histoire d'amour entre un jeune adolescent et une femme plus âgée, avant de basculer sur la thématique de la Shoah et des difficultés d'une génération à lire et juger cette période lors de l'après-guerre.

L'ouvrage est rapidement devenu un best-seller et a été traduit dans pas moins de 37 langues.

## II. RÉSUMÉ DE L'ŒUVRE

### Première partie

**(Chapitres 1 et 2)** Un jeune garçon de quinze ans est victime d'un malaise en rentrant du lycée. Il est pris de vomissements. Une femme inconnue vient à son aide… Elle l'aide à rentrer chez lui. Le médecin appelé à son chevet diagnostique une jaunisse. **(Chapitres 3 et 4)** Remis de sa maladie, le jeune garçon effectue une visite au domicile de l'inconnue avec un bouquet de fleurs. Il apprend qu'elle se nomme Mme Schmitz. Elle le fait entrer puis, lorsqu'il se lève pour partir, lui demande de l'attendre. Elle se change dans la cuisine, mais la porte est entrebâillée… Le jeune garçon ne peut s'empêcher de la détailler. Elle surprend son regard et il s'enfuit. **(Chapitres 5 et 6)** Huit jours plus tard, il se retrouve devant sa porte. Elle n'est pas chez elle. Il s'assoit sur les marches et attend. Lorsqu'elle rentre, elle demande au garçon d'aller lui chercher deux autres seaux remplis à la cave. La montagne de charbon s'écroule et soulève un nuage de poussière noire qui le salit… Mme Schmitz fait couler un bain pour nettoyer les dégâts et lorsque le garçon en sort, elle s'occupe de le sécher... Ils se retrouvent bientôt nus tous les deux... **(Chapitres7 et 8)** La nuit suivante, il tombe amoureux d'elle. Le médecin lui recommande encore trois semaines de repos, mais il décide de retourner au lycée. Les jours suivants, elle rentre à midi. Il sèche le dernier cours pour l'attendre sur son palier. Ils prennent une douche, font l'amour puis il s'en va. Après quelques jours, ils s'échangent leurs prénoms. Elle croit qu'il a dix-sept ans. En apprenant qu'il sèche des cours pour la voir, elle se fâche... **(Chapitres 9 et 10)** Les semaines suivantes, Michaël est heureux... Il s'abrutit de travail, réussit à ne pas redoubler et aime Hanna comme si rien d'autre au monde ne comptait. Il pose des questions à Hanna sur son passé et apprend qu'elle a grandi en Transylvanie, est arrivée à Berlin à dix-sept ans, entrée comme ouvrière chez Siemens et dans l'armée à vingt et un ans. Après la guerre, elle exerce le métier de receveuse de tramway. Elle a trente-six ans. Leurs rendez-vous deviennent réguliers. Il commence à lui faire la lecture. Lecture, douche, faire l'amour.... **(Chapitres 11 et 12)** Voyage à bicyclette pendant la semaine de Pâques Le départ a lieu le lundi de Pâques. Une seule dispute éclate entre eux. Michaël quitte la chambre pour quelques minutes en laissant un mot à Hanna mais celle-ci semble ne pas l'avoir vu... À son retour, elle lui fait une scène. Michaël s'étonne qu'elle n'ait pas lu le papier... Dernière semaine des vacances de Pâques. Michaël reste seul à la maison pour une semaine. Ce furent sept nuits avec Hanna. Un soir, il invite Hanna à dîner. Elle va d'une pièce à l'autre et son regard parcourt les rayonnages de livres... **(Chapitres 13 et 14)** C'est la rentrée scolaire. Michaël passe de troisième en seconde. Il y a maintenant des filles dans sa nouvelle classe. Sa voisine la plus proche s'appelle Sophie. De plus en plus souvent, Michaël rencontre les garçons et les filles de sa classe. **(Chapitres 15 et 16)** « *Alors j'ai commencé à la trahir.* » Michaël délaisse de plus en plus Hanna au profit de ses amis : Holger Schlûter qui s'intéresse comme lui à l'histoire et la littérature et Sophie... Michaël ne sait pas ce que fait Hanna quand elle n'est pas avec lui ni au travail. Michaël se rend à la piscine avec ses amis. Il lève les yeux et voit Hanna qui l'observe attentivement... **(Chapitre 17)** Le lendemain, Hanna a disparu. Michaël se rend au bureau de la compagnie des tramways et apprend qu'Hanna ne viendra plus. Michaël est rongé par la culpabilité.

## Deuxième partie

**(Chapitre 1)** Michaël se remet lentement du départ d'Hanna. Les années passent. Il finit son bac et termine ensuite son droit. Le souvenir d'Hanna s'estompe de plus en plus... **(Chapitres 2 et 3)** Sept ans plus tard, Michaël revoit Hanna en cour d'assises. Un de ses professeurs à l'université travaille sur le passé nazi et fait de ce procès le sujet d'un de ses séminaires en escomptant qu'avec l'aide d'étudiants, il pourra le suivre et l'étudier de bout en bout. Michaël se rend au procès qui se déroule dans une autre ville. Il assiste aux interrogatoires d'identité et au véritable début du procès et reconnaît Hanna parmi les accusées. Suite à son interrogatoire, il apprend qu'elle travaillait comme gardienne dans les SS pendant la guerre. Elle avait été affectée à Auschwitz jusqu'au printemps 1944 puis dans un petit camp près de Cracovie jusque pendant l'hiver 1944-45. Par la suite, elle avait changé plusieurs fois de domicile ce qui fut interprété par les juges comme une tentative de fuite... Elle n'avait répondu à aucune lettre ni à aucune convocation. Le juge décide donc de l'incarcérer. **(Chapitres 4 et 5)** Michaël ne manque pas un seul jour du procès. Une seule fois, Hanna regarda vers le public et vers lui... Tout au long des semaines que dure le procès, il ne ressent rien : sa sensibilité est comme anesthésiée. La deuxième semaine, on lit l'acte d'accusation. Les cinq accusées étaient surveillantes dans un petit camp près de Cracovie qui dépendait d'Auschwitz. Deux survivantes du camp, une mère et sa fille, ont écrit un livre, publié en Amérique, sur le camp et sur le convoi vers l'ouest. La police et le ministère public ont pu ainsi retrouver les cinq accusées et aussi quelques témoins. L'un des principaux chefs d'accusation concerne les sélections dans le camp. L'autre principal chef concerne la nuit du bombardement où tout s'est terminé. Les SS et les surveillantes ont enfermé les déportées dans l'église du village (plusieurs centaines de femmes) où elles ont toutes péri brûlées vives, une bombe étant tombée sur le clocher. **(Chapitres 6, 7 et 8)** Pour Hanna, le procès ne peut pas se passer plus mal. Elle ne veut jamais admettre qu'elle possédait la clé de l'église et fait une très mauvaise impression sur le juge. Sa participation aux sélections des déportés qui étaient envoyées à la mort la place dans une situation délicate. L'obstination que met Hanna à protester irrite le président du tribunal. La facilité avec laquelle elle reconnaît les faits irrite les autres accusées. **(Chapitre 9)** « *Pourquoi n'avez-vous pas ouvert ?* » Le président pose la question à toutes les accusées l'une après l'autre... Hanna reconnaît que c'est elle qui a rédigé le rapport. **(Chapitre 10)** Michaël retrouve l'endroit de la forêt où il eut la révélation du secret d'Hanna : elle ne sait ni lire ni écrire... **(Chapitres 11, 12 et 13)** Michaël se demande s'il doit rester passif ou tenter d'aider Hanna. Son père lui conseille de ne pas intervenir. En juin, la cour prend l'avion et se rend en Israël pour quinze jours. Des images d'Hanna viennent constamment hanter le héros : Hanna près de l'église en flammes, se faisant faire la lecture par une déportée, parcourant les allées du camp, criant des ordres. Mais aussi, Hanna enfilant ses bas à la cuisine, pédalant la jupe au vent, dansant devant la glace... **(Chapitres 14 et 15)** Michaël visite le camp de concentration Struthof en Alsace à défaut d'Auschwitz dont le visa est difficile à obtenir. **(Chapitres 16 et 17)** De retour chez lui, Michaël va trouver le président du tribunal. Il faut qu'il s'occupe d'elle d'une façon ou d'une autre. Le président accepte de le rencontrer. La discussion porte sur les études, le séminaire, le procès... Michaël ne réussit pas à parler d'Hanna. Elle est finalement condamnée à la détention à perpétuité. Elle écoute le verdict, debout, toute droite et sans le moindre mouvement...

## Troisième partie

**(Chapitre 1)** Dès l'été qui suit le procès, Michaël s'isole de plus en plus. Cependant, il accepte une invitation d'un groupe d'étudiants à passer Noël dans un chalet pour faire du ski. Il n'a pas froid et dévale les pentes en chemise. La fièvre se déclare et il est hospitalisé. **(Chapitres 2, 3 et 4)** Michaël se marie avec Gertrude, une juriste comme lui ; ils ont une fille Julia. Il ne lui dit rien au sujet d'Hanna. Lorsque Julia a cinq ans, ils divorcent. Au moment où il passe la deuxième partie de son examen de fin d'études, le professeur qui avait organisé le séminaire sur les camps meurt. Michaël ne se rend pas à l'enterrement, mais cet événement réveille en lui des souvenirs du procès. Il devient ensuite historien du droit. **(Chapitre 5)** Après son divorce, il se met à lire à haute voix et à enregistrer ses lectures sur cassettes pour Hanna. **(Chapitre 6)** Au cours de la quatrième année de contact, Michaël reçoit un mot d'Hanna : « *Elle écrit, elle écrit !* » **(Chapitre 7)** Après dix-huit années de détention, Michaël apprend qu'Hanna va déposer un recours en grâce. Il reçoit une lettre de la directrice de la prison lui demandant d'aider Hanna à se trouver un logement et un travail à sa sortie. Une année passe et Hanna est finalement graciée et libérée. **(Chapitres 8 et 9)** Michaël va voir Hanna à la prison peu avant sa libération. « *Hanna ? Cette femme sur le banc était Hanna ?* » Puis il s'occupe des préparatifs, installe son logement avec des meubles Ikea et quelques antiquités. Il fait des provisions, place des livres sur les étagères... **(Chapitres 10, 11 et 12)** Hanna s'est suicidée par pendaison. Michaël se rend à la prison et découvre son quotidien et sa cellule, accompagné de la directrice. Il voit des livres sur la Shoah, elle lui raconte l'apprentissage de la lecture ; puis il voit son cadavre. Hanna n'a pas laissé de message pour lui, mais une boîte contenant de l'argent à remettre à celle qui a survécu à l'incendie de l'église. Tout au long de la visite, le narrateur se retient de pleurer. À l'automne, il se rend à New York pour s'acquitter de sa mission. Il rêve d'Hanna dans le train, rencontre la survivante, qui ne sait que faire de l'argent. Cela pose la question de l'absolution. Finalement, une fondation juive en profitera ; la Jewish League Against Illiteracy. Dix ans après, l'auteur revient sur son projet d'écriture et ses motivations profondes, après une unique visite sur la tombe d'Hanna.

# III. PRÉSENTATION DES PERSONNAGES

## Michael Berg

Le héros du livre est un jeune adolescent allemand. Son histoire débute alors qu'il est âgé de 15 ans ; mais c'est aussi lui qui, plus âgé, devient le narrateur de son passé et nous raconte son histoire. Lorsqu'il rencontre Hanna, Michael n'est pas un élève assidu, d'autant qu'il est affaibli et malade. Mais leur relation puis le procès vont déterminer son parcours, et il finira par devenir un spécialiste de l'histoire du droit. Il se marie puis divorce et a une fille, Julia. Sans tomber dans le cliché, ses interrogations rappellent celles de l'ensemble d'une génération (bien qu'il estime souvent s'en détacher), celle des Allemands après la guerre, qui se demande comment gérer les atrocités qui viennent secouer leur histoire.

## Hanna Schmitz

Elle rencontre Michael en l'aidant lors d'un malaise. Elle a alors 36 ans et travaille pour la compagnie des tramways. Hanna fascine totalement Michael ; il ne découvrira que tardivement qu'elle ne sait ni lire ni écrire. Pendant des heures, elle demande à son jeune amant de lui lire des ouvrages, et n'apprendra à lire que dans sa cellule, à la fin de sa vie.

Elle est jugée pour avoir été gardienne à Auschwitz, et accusée d'avoir laissé des femmes brûler vives dans une église bombardée. D'après le narrateur, Hanna est victime de sa honte de l'illettrisme, sans pour autant la dédouaner de ses actes.

## Le père de Michael

Il est professeur de philosophie, spécialiste de Kant et de Hegel. Il n'est pas très proche de son fils, mais une discussion sur Hanna va profondément marquer Michael, notamment après la mort de son père. C'est vers lui qu'il se tourne lorsqu'il s'interroge sur la conduite à tenir pendant le procès d'Hanna.

Pendant la guerre, son père perd son poste pour avoir enseigné Spinoza. C'est un homme très difficile d'accès, car même ses enfants doivent prendre rendez-vous avec lui pour discuter.

## L'auteure juive du livre sur la marche vers l'Ouest

Elle vit désormais à New York ; survivante de la marche d'évacuation et de l'incendie de l'Église, Michael lui rend visite au nom d'Hanna pour lui remettre l'argent qu'elle lui a laissé. Mais la femme s'interroge sur le sens de ce geste, sur le pardon et la question de la rédemption.

# IV. AXES D'ANALYSE

## De l'individu à l'Histoire

Au travers d'un récit qui recouvre trois périodes (la relation initiale, le procès, les retrouvailles), nous suivons bien le narrateur tout au long de son existence, notamment dans son ressenti amoureux et son évolution professionnelle.

Mais son destin est en fait indissociable de l'Histoire elle-même, qui est celle de la fin de l'ère nazie, et des difficultés d'un pays et d'une population à gérer ce passé tout récent. Le procès d'Hanna soulève des questions particulièrement difficiles, ce que nous voyons grâce aux pensées du narrateur. Si *Le Liseur* inclut bien la question de la rédemption (dans les derniers chapitres notamment), on voit pourtant que les premières questions qui se posent sont surtout les suivantes : quel lien la jeune génération peut-elle avoir avec ses parents ? Doivent-ils les renier, les admirer, ou tout simplement ne rien faire ? Quelle justice est possible, quel sens donner aux actes de ces femmes, à l'image d'Hanna ; comment concevoir la culpabilité ?

Au-delà de l'histoire particulière de Michael, c'est l'Histoire elle-même qui s'insère dans le récit. Mais la force de Schlink est de refuser tout manichéisme, et d'introduire une telle subtilité dans son œuvre qu'il se détache subtilement des clichés habituels. La question lancée par Hanna au juge lors de son procès n'est pas une provocation, mais d'une profondeur innocente très représentative des doutes d'une génération : qu'auriez-vous fait ? Que devais-je faire ? Elle attend des vraies réponses, et non un simple rôle de bouc émissaire...

## Sens de l'illettrisme d'Hanna

En plus de cette difficile question de la culpabilité d'Hanna aux yeux de Michael, le fait qu'elle ne sache ni lire ni écrire est une dimension particulièrement forte dans l'œuvre. Pour leur relation déjà, puisque la lecture à voix haute fait partie de leurs rituels, mais surtout parce que ce handicap sert de métaphore à la compréhension moderne de l'Holocauste (ou plutôt, ses difficultés de compréhension, de « lecture » justement).

Hanna accepte d'être coupable par honte de reconnaître qu'elle ne sait ni lire ni écrire. Le fait d'apprendre à le faire, très tardivement, va faire que peu à peu elle ne peut plus vivre avec elle-même.

Le rôle du liseur ou des lectrices dans le camp pose beaucoup de problèmes à Michael, rétrospectivement. De manière plus large, cela le conduit à s'interroger sur la conduite à tenir : peut-on comprendre, lire ce qui n'est pas lisible ou compréhensible, comparer et juger ce qui dépasse l'entendement humain ? Doit-on être silencieux, honteux, coupables, et dans quel but ?

# Dans la même collection en numérique

*Escadrille 80*

*Inconnu à cette adresse*

*La controverse de Valladolid*

*Les Vilains petits canards*

*Une partie de campagne*

*Cahier d'un retour au pays natal*

*Dora Bruder*

*L'Enfant et la rivière*

*Moderato Cantabile*

*Alice au pays des merveilles*

*Le faucon déniché*

*Une vie*

*Chronique des Indiens Guayaki*

*Je voudrais que quelqu'un m'attende quelque part*

*La nuit de Valognes*

*Œdipe*

*Disparition Programmée*

*Education européenne*

*L'auberge rouge*

*L'Illiade*

*Le voyage de Monsieur Perrichon*

*Lucrèce Borgia*

*Paul et Virginie*

*Ursule Mirouët*

*Discours sur les fondements de l'inégalité*

*L'adversaire*

*La petite Fadette*

*La prochaine fois*

*Le blé en herbe*

*Le Mystère de la Chambre Jaune*

*Les Hauts des Hurlevent*

*Les perses*

*Mondo et autres histoires*

*Vingt mille lieues sous les mers*

*99 francs*

*Arria Marcella*

*Chante Luna*

*Emile, ou de l'éducation*
*Histoires extraordinaires*
*L'homme invisible*
*La bibliothécaire*
*La cicatrice*
*La croix des pauvres*
*La fille du capitaine*
*Le Crime de l'Orient-Express*
*Le Faucon malté*
*Le hussard sur le toit*
*Le Livre dont vous êtes la victime*
*Les cinq écus de Bretagne*
*No pasarán, le jeu*
*Quand j'avais cinq ans je m'ai tué*
*Si tu veux être mon amie*
*Tristan et Iseult*
*Une bouteille dans la mer de Gaza*
*Cent ans de solitude*
*Contes à l'envers*
*Contes et nouvelles en vers*
*Dalva*
*Jean de Florette*
*L'homme qui voulait être heureux*
*L'île mystérieuse*
*La Dame aux camélias*
*La petite sirène*
*La planète des singes*
*La Religieuse*
*1984 A l'Ouest rien de nouveau*
*Aliocha*
*Andromaque*
*Au bonheur des dames*
*Bel ami*
*Bérénice*
*Caligula*
*Cannibale*
*Carmen*

Chronique d'une mort annoncée

Contes des frères Grimm

Cyrano de Bergerac

Des souris et des hommes

Deux ans de vacances

Dom Juan

Electre

En attendant Godot

Enfance

Eugénie Grandet

Fahrenheit 451

Fin de partie

Frankenstein

Gargantua

Germinal

Hamlet

Horace

Huis Clos

Jacques le fataliste

Jane Eyre

Knock

L'homme qui rit

La Bête humaine

La Cantatrice Chauve

La chartreuse de Parme

La cousine Bette

La Curée

La Farce de Maitre Pathelin

La ferme des animaux

La guerre de Troie n'aura pas lieu

La leçon

La Machine Infernale

La métamorphose

La mort du roi Tsongor

La nuit des temps

La nuit du renard

La Parure

*La peau de chagrin*

*La Petite Fille de Monsieur Linh*

*La Photo qui tue*

*La Plage d'Ostende*

*La princesse de Clèves*

*La promesse de l'aube*

*La Vénus d'Ille*

*La vie devant soi*

*L'alchimiste*

*L'Amant*

*L'Ami retrouvé*

*L'appel de la forêt*

*L'assassin habite au 21*

*L'assommoir*

*L'attentat*

*L'attrape-coeurs*

*Le Bal*

*Le Barbier de Séville*

*Le Bourgeois Gentilhomme*

*Le Capitaine Fracasse*

*Le chat noir*

*Le chien des Baskerville*

*Le Cid*

*Le Colonel Chabert*

*Le Comte de Monte-Cristo*

*Le dernier jour d'un condamné*

*Le diable au corps*

*Le Grand Meaulnes*

*Le Grand Troupeau*

*Le Horla*

*Le jeu de l'amour et du hasard*

*Le Joueur d'échecs*

*Le Lion*

*Le liseur*

*Le malade imaginaire*

*Le Mariage de Figaro*

*Le meilleur des mondes*

*Le Monde comme il va*

*Le Parfum*

*Le Passeur*

*Le Petit Prince*

*Le pianiste*

*Le Prince*

*Le Roman de la momie*

*Le Roman de Renart*

*Le Rouge et le Noir*

*Le Soleil des Scortas*

*Le Tartuffe*

*Le vieux qui lisait des romans d'amour*

*L'Ecole des Femmes*

*L'Ecume Des Jours*

*Les Bonnes*

*Les Caprices de Marianne*

*Les cerfs-volants de Kaboul*

*Les contes de la Bécasse*

*Les dix petits nègres*

*Les femmes savantes*

*Les fourberies de Scapin*

*Les Justes*

*Les Lettres Persanes*

*Les liaisons dangereuses*

*Les Métamorphoses*

*Les Mouches*

*Les Trois mousquetaires*

*L'étrange cas du Dr Jekyll et de Mr Hyde*

*L'Ile Au Trésor*

*L'île des esclaves*

*L'illusion comique*

*L'Ingénu*

*L'Odyssée*

*L'Ombre du vent*

*Lorenzaccio*

*Madame Bovary*

*Manon Lescaut*

*Micromégas*

*Mon ami Frédéric*

*Mon bel oranger*

*Nana*

*Ne tirez pas sur l'oiseau moqueur*

*Notre-Dame de Paris*

*Oliver twist*

*On ne badine pas avec l'amour*

*Oscar et la dame rose*

*Pantagruel*

*Le Misanthrope*

*Perceval ou le conte du Graal*

*Phèdre*

*Ravage*

*Roméo et Juliette*

*Ruy Blas*

*Sa Majesté des Mouches*

*Si c'est un homme*

*Stupeur et tremblements*

*Supplément au voyage de Bougainville*

*Tanguy*

*Thérèse Desqueyroux*

*Thérèse Raquin*

*Ubu Roi*

*Un Barrage contre le Pacifique*

*Un long dimanche de fiançailles*

*Un secret*

*Vendredi ou la vie sauvage*

*Vipère au poing*

*Voyage au bout de la nuit*

*Voyage au centre de la terre*

*Yvain ou le Chevalier au lion*

*Zadig*

# À propos de la collection

La série FichesdeLecture.com offre des contenus éducatifs aux étudiants et aux professeurs tels que : des résumés, des analyses littéraires, des questionnaires et des commentaires sur la littérature moderne et classique. Nos documents sont prévus comme des compléments à la lecture des oeuvres originales et aide les étudiants à comprendre la littérature.

Fondé en 2001, notre site FichesdeLectures.com s'est développé très rapidement et propose désormais plus de 2500 documents directement téléchargeables en ligne, devenant ainsi le premier site d'analyses littéraires en ligne de langue française.

FichesdeLecture est partenaire du Ministère de l'Education du Luxembourg depuis 2009.

Plus d'informations sur www.fichesdelecture.com

ISBN: 978-2-511-02853-7

Notes :